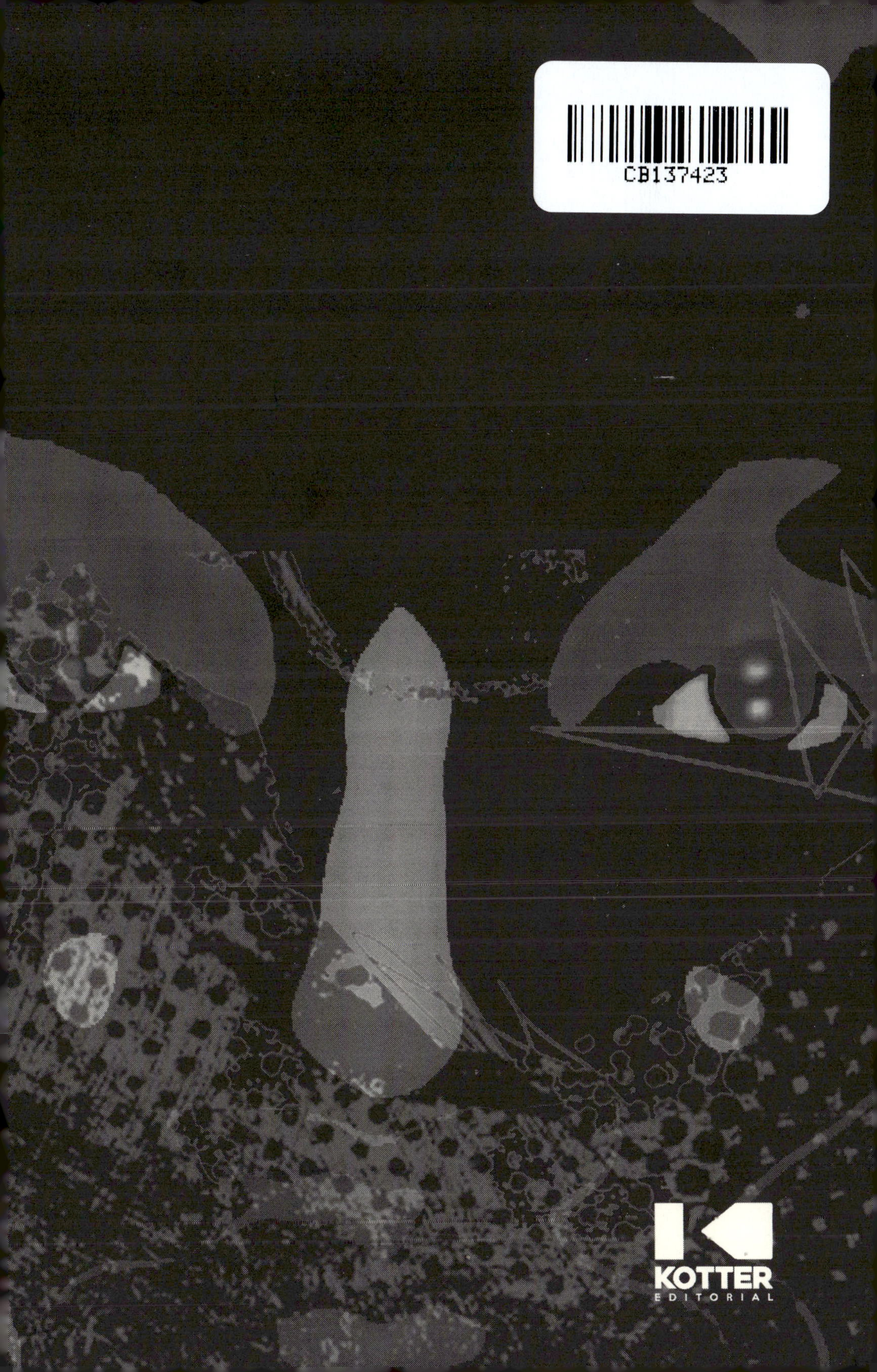

KOTTER
EDITORIAL

Coordenação Editorial: Sálvio Nienkötter
Editor executivo: Claudecir de Oliveira Rocha
Editor adjunto: Daniel Osiecki
Capa: Jussara Salazar
Produção: Cristiane Nienkötter
Diagramação: Caroline Costa e Silva

Dados internacionais de catalogação na Publicação (CIP)
Angelica Ilaqua CRB-8/7057

Demarchi, Ademir .
Baile de máscaras : odiário da peste / Ademir Demarchi. - Curitiba : Kotter Editorial, 2022.
148 p.

ISBN 978-65-5361-120-7

1. Poesia brasileira I. Título

22-3853 CDD B869.1

KOTTER EDITORIAL

Kotter Editorial
Rua das Cerejeiras, 194
82700-510 | Curitiba - PR
+55 41 3585-5161
www.kotter.com.br | contato@kotter.com.br

Feito o depósito legal
1ª edição
2022

ademir demarchi

baile de máscaras

o diário da peste

KOTTER EDITORIAL

FESTIVAL DE LEITURAS DO CONFINAMENTO: VIROSE DE EPÍGRAFES IRADAS RELACIONADAS AO ESTADO DAS COISAS

"Os 'voos da morte', como tantas outras loucuras homicidas da ditadura, estão instalados em nossas consciências -para muitos não é assim, o ignoram ou não lhes importa-, é tanta sua demasia que não o podemos entender ainda que o consideramos como uma explicação ou um desejo de explicação. Em meu caso é uma desembocadura e se configura como núcleo que gera cada passo do que se relata; desse modo, para alguns é um mistério -aí o admito-, para outros tem o atrativo sinistro de um tumor que não podemos suprimir facilmente. Só que o narrador pode descobri-lo, porém não descrevê-lo. E nisso há também uma diferença: não tenho dúvidas de que reapareceu e reaparecerá na literatura argentina assim como o nazismo reapareceu e reaparecerá na alemã e europeia. Se pode chamá-lo 'trauma' e, como se sabe, se não é fácil que um neurótico ou um psicótico possa tirar de cima de si um trauma, é muito mais difícil que o possa fazer uma sociedade."

Noé Jitrik,
entrevista para Carlos Daniel Aletto à Télam

"O poder é a capacidade de transformar uma pessoa viva num cadáver."

Simone Weil
Oppression et liberté

"Que carnificina incessante existe na imagem maravilhosamente calma das florestas tropicais..."

Charles Darwin,
em suas anotações

"...a linguagem é um vírus..."

William Burroughs,
La revolución electrónica

"Às vezes me parece que uma epidemia pestilenta atingiu a humanidade inteira em sua faculdade mais característica, ou seja, no uso da palavra, consistindo essa peste da língua numa perda de força cognoscitiva e de imediaticidade, como um automatismo que tendesse a nivelar a expressão em fórmulas mais genéricas, anônimas, abstratas, a diluir os significados, a embotar os pontos expressivos, a extinguir toda centelha que crepite no encontro das palavras com novas circunstâncias.
Não me interessa aqui indagar se as origens dessa epidemia devam ser pesquisadas na política, na ideologia, na uniformidade burocrática, na homogeneização dos mass-media *ou na difusão acadêmica de uma cultura média. O que me interessa são as possibilidades de salvação. A literatura (e talvez somente a literatura) pode criar os anticorpos que coíbam a expansão desse flagelo linguístico."*

Ítalo Calvino
Seis propostas para o próximo milênio – "Exatidão"

"NO MEU PRINCÍPIO ESTÁ MEU FIM.
Os tempos se sucedem se acavalam, engrenagem
Se autoesfregando, se roendo, se recriando
Em contínua autoinvenção & metamorfose.
[...] Já morri. Já fui julgado. Já ressuscitei.
Já esteve. Já foi. Já principiou.
Já pensou. Já explodiu.
IN MY BEGINNING IS MY END.
Amanhã é súbito antigamente.
Antegiro. Antepoeira. Antepalavra
Exausta ressurrecta.
Já posthouve. Já postfui.
Antes & post.
Antepost."

Murilo Mendes
"Murilograma a T. S. Eliot"

"O que amas de verdade não te será arrancado."

Ezra Pound
Os Cantos. Canto 81

"Diga-lhe que escrevo sobre vermes e corrupção porque gosto de vermes e de corrupção. Diga-lhe que acredito na perversidade e na inutilidade fundamentais do homem, e na podridão da vida. Diga-lhe que sou louco por cânceres. E diga-lhe, também, que odeio poesia. Eu preferiria ser algum dia um anatomista ou o zelador de um necrotério. Diga-lhe que vivo exclusivamente nas unhas dos dedos do pé e nos tumores. Durmo também num ataúde, e meu traje de verão é um sudário cheio de vermes."

Dylan Thomas,
em carta ao seu editor

"Temos aqui um homem –
ele deve apanhar na capital o lixo do dia que passou."

Charles Baudelaire,
citado por Walter Benjamin em *A modernidade e os modernos.*

"É, pois, verdadeiro dizer que todo mundo vive na ilusão:
com efeito embora as opiniões do povo sejam sãs,
não o são na sua cabeça, porque coloca a verdade onde ela não está."

Pascal, *Pensamentos*

"Há três espécies de déspota. Há o que tiraniza o corpo.
Há o que tiraniza a alma. Há o que tiraniza o corpo e a alma.
O primeiro chama-se Príncipe. O segundo chama-se Papa.
O terceiro chama-se Povo."

Oscar Wilde, *A alma do homem sob o socialismo*

"Desapareçam as ilusões! É assim que o diabo se vinga."

Goethe, *Fausto*

"No futuro, se a humanidade tiver que começar de novo,
o fará com sua ralé, com os mongóis de toda parte,
com a escória dos continentes;
se delineará uma civilização caricatural,
à qual aqueles que produziram a verdadeira assistirão impotentes,
onde esquecerão o esplendor de seus desastres".

Cioran. *Silogismos da amargura.*

"Quando a ralé adota um mito,
conte com um massacre ou, pior ainda, com uma nova religião."
Cioran. *Silogismos da amargura.*

"Quando me lembro que os indivíduos são apenas gotas de saliva
que a vida cospe, e que a vida mesma não vale muito mais
em comparação com a matéria, dirijo-me ao primeiro bar que encontro
com a intenção de nunca mais sair dele.
E no entanto, nem sequer mil garrafas me dariam o gosto da Utopia,
dessa crença em que algo ainda é possível."
Cioran. *Silogismos da amargura.*

SUMÁRIO

baile de máscaras opacas

A VIDA NUM PALQUINHO DE CORETO DE PERIFERIA DO CAPITALISMO

a ilha fiscal agora é sempre brasília
uma encenação amadora
um coreto de interior
uns tanquinhos velhos desfilando fumaça
uma bandinha desafinada batendo lata
um baile da miséria todos disfarçados
sem cachos muita casca de banana
larápios baratos quengas evangélicas
o país desgovernado por um tolo mascarado
e a vida cheia de som e fúria
completamente desprovida de graça e sentido

*

A MÁSCARA DO RACIONALISMO

o racionalismo arquitetônico de brasília
se provou inútil para ordenar o irracionalismo
dos vermes que a esburacam com quizília

BANDEIRA MASCARADA

#LEMA DE GOVERNO

PÁTRIA ARRASADA
B R A S I L
GOVERNO SIDERAL

*

BALZAC#BRAZIL

por trás de cada grande fortuna
essa máscara
inúmeros crimes

BAILE DO CARNAFICINAL

oh quanto siso
oh quanta alegria
mais de mil parrots no salão
todos fardados à fantasia
de oliva e bola nas narinas
todos de palhaço no sambão
distribuindo cloroquina
pra multidão

ore na igrejinha
faça uma fezinha
encha bem o tanque
rebole o rabicó no funk
antes pague o dízimo
pois é de praxe e ínfimo

terá o que pediu
pra ir pra puta que pariu
não leve a mal
está com sorte
beijo de general
é beijo de morte
no país do carnaficinal

esta zona é nossa
vai faltar uti nesta joça
não terá agonia que baste
põe um preto abduzido de teste
pra estourar o esqueleto de palmares
dá iphone de espelhinho pros índios irem pros ares
libera as taurus pros posseirões de terras

expressarem suas línguas nesta guerra
pros sem terra privatiza os cus
dá logo embora o sus
dá junto também a mãe
vai grátis uma sogra filhadamãe
põe a máscara de diabão
e vamos rebolar no salão

BAILE DE MÁSCARAS

como é bom
andar pelado
                de máscara

*

À GREGA

visto a máscara
de folha de parreira
usada
por vênus
a depelada

É INDECENTE

um nariz
          fora da máscara

*

O BANDIDO

não usa máscara
por temor
de ser reconhecido

MASCARADO NO HIPERMERCADO

na frente da peixaria
distraída uma sereia
hummm pronta pra ceia
revirei olhos de meia
conselho de mamma mia
tapei ouvidos com aveia
lépido fugi da pandemia

*

A UMA PASSANTE

que nariz lindo
brilhando fora
da burcamáscara

PROMOÇÃO

biquíni 3 peças
máscara combinando

*

TUDO BEM?

como assim? tudo bem?
há sempre um vestido florido
com uma máscara
pairando coroado
por uma ratoeira de dentes branqueados a laser
e alinhados à força do aço
cutucando
como assim?
tudo bem?

HOMEM BOMBA

não sei por que as pessoas querem tanto viver
deve haver nesse agonizar algum prazer
não sei por que
só sei que estou agora bem no meio
da igreja universal do reino dos cus piscantes
céus bem no meio
pareço um indigente
mascarado
cercado
por imensa massa
que muge com jaça
e vou explodir

*

SESSÕES DE CINEMA PANDÊMICO I

nos filmes de mizoguchi
as mulheres aflitas
como se tivessem máscara
correm daqui prali
como corruíras nanicas

POETA DE ORELHA VIRAL

mascarado de poeta
não escrevo poemas
iludido e com afinco
lapido aos primevos
gemas e loas, brincos
me convido aos seus livros
adorno suas orelhas
crio-os como ovelhas

*

EU TENHO UM AMIGO PALHAÇO

cara mascarada de creme
ele se esconde com esmero
atrás de um nariz vermelho
acha que não o reconheço
com aqueles dentes de coelho

NÓS BRASILEIROS

desapareceu a vírgula
desapareceu o pronome
desapareceu o sentido
tudo sem máscara
não ata nem desata

*

DEMOCRACIA PENOSA

cai uma máscara de pena do céu
metade afirma ser de anjo
metade diz ser de pato pinel

UMA PASSANTE

elegante ossatura
cruzamos os olhos
os meus perscrutam
em resposta um gesto
levanta a máscara
pensei veria o sorriso
a caveira

*

FACE A FACE

máscara a máscara

CONFINAMENTO NUMA BOLHA

a mascarada passa vis-à-vis
com olhos de camelo olha
espantada como visse um oásis
sem vírus e com vida numa bolha

*

EFEITO ESTUFA DE CONFINAMENTO

a flatulência cerebral
mascara o equilíbrio ecológico

velório plácido retumbante

BRAZIL GOURMET

osso de primeira e de segunda

*

CONSELHO

vá botar verde e amarelo
no túmulo

*

TODO O SÊMEN EJACULADO NO OCEANO

as chaminés de sacadas gourmets
fumam diante do oceano, pacífico
o carvão cadavérico das florestas
todas pagas com sacos de soja transgênico

O PRESENTE NÃO EXISTE POEMA DO NATAL COM BOLSO SEM NADA NO BOLSO

nem me fale só poema lixo
cada palavra um esganiço
dia de jesus é dia de desmaiar de fome
diante das árvores públicas de natal
dia de correr pras unidades de saúde e ames
ver se rola sorinho na veia uau
que vida insana de diabeira
já não dá pra comprar osso de segunda
nem de terceira que se dirá de primeira
nem frango pra disfarçar de peru abunda
pra se fingir que se tem um norte
todo dia ir pro lixo catar o que comer
mas o natal é um dia de morte
quando chega o caminhão tem que correr
ser ligeiro e esperto pra chegar no osso
panetone de natal quem nos dá é o lixo
o que dá a gente come pra não carregar no bolso
nóis é otimista tem gente generosa com bicho
gente que joga na lata até uns pedaços de filé
os caminhões vão passar nas estradas blindados
o país aumentou a safra de grãos em 14% **não é**
metade do povo come uma ou duas vezes por dia dado
só 9 % passam fome se bancando mané
9 % é menos que comissão dos deputados
e dom helder se fala de fome é chamado cristão
se fala do que causa a fome é xingado comunistão
jesus vai voltar
dizem que talvez no ano que vem
ele não vai faltar

mas no outro pode ser que também
é preciso ter fé
sem lugar pra sentar vou é deitar
ou esperar em pé
comer o estômago e calar
assim desse jeito que a vida é

SARAU LIVE LIVE DE FRUTAS KITSCH ON LINE

ananias come até mesmo as melancias
que pendura no fino e alongado pescoço

enquanto declama o que chama poesias
pedindo impaciente silêncio ao alvoroço

mas é de ananás azedo que gosta ananias
porque são suculentos e não têm caroços

melancia se constata não tem importância
porque veja só imperfeita rima com poesia

não ananias em sua fantasia não mais
pois sua poesia está no gosto do ananás

BRASILIDADE

vamos parar
de brincar
de ditadura

*

MENSAGEM À NAÇÃO

abandonai ó vós que aqui estais
toda a esperança e seus vãos ais

*

EMPOBRECIMENTO ILÍCITO

moro

ELEIÇÃO

vote em quem tem atitude
vote no partido democrático totalitálio
chega de falação
a corrupção
ela tem que ser praticada
e não apenas falada

*

A CULPA É MINHA
PONHO EM QUEM EU QUISER

essa mania de xingar palavrão
veio comigo mas não é minhaaaa!
essa mania de contar mentira
tá comigo mas não é minhaaaaa!
essa vontade de olhar pra homem dosotro
tá em mim mas não é meeeuuu!
a culpa é minha mas não fui euuuuuu!

PATOPAI NOEL

quem acredita em deus
acredita em qualquer coisa

*

ELE NÃO

ele não gozou
aqueles filhos
foi inseminação

*

ESTADO DE SÍTIO

do pica-pau amarelo

FAMÍLIA IRREAL

o príncipe

joãozinho

the old pretender eterno

como o james iii da grã-bretanha

diz em
paraty

falta respeito ao país

porque falta um rei

DESCULPE NOSSA FALHA

os brasileiros são tão destros na faca
que são capazes de atirá-la com certeira pontaria a alguma distância
e com força suficiente para infligir um ferimento mortal

[darwin, *viagem de um naturalista ao redor do mundo*]

*

URNA TERAPÊUTICA

arrependido útil: ele enganou a gente
rancor esclarecido: ele nunca me enganou

A ARREPENDIDINHA

lia pluft virou fantasminha
nem a autoajuda a salvará
tomou luftal na cacholinha
se viu entregue ao deus-dará
em vez de flatular, vomitão
tadinha se arrependeu de votar
morre de medo do covidão
medo da covinha chamar
mas é tudo o que a espera
no seu triste final de linha
essa literata que degenera
no fino linho da sua caminha

*

DE NAVIO SOBRE O RIO

por do sol descendo o amazonas
em pé sobre um carregamento de bananas
o brasil nunca vai superar a metafísica

URNA ELEVATÓRIA

antes de entrar com o voto
verifique se o mesmo
encontra-se listado

*

O GRANDE ESTRATEGISTA

o presidente é um estrategista
ele não vai evacuar

CAMPANHA DA SOLIDARIEDADE

você sempre tem como ajudar
mesmo pobre e sem nada pra dar
você pode
pode se doar
doar sua mente
seus órgãos
seu corpo
algo a gente vai aproveitar

*

O MESSIAS

ninguém sabe de nada
nem quando ele virá
com imensa destruição
sua vinda será tal
tão surpreendente
quanto a visita de um ladrão

o diário de notícias

DIÁRIO DA PESTE

peste provoca fechamento de matadouros e fábricas
excesso de oferta causa imensa zica no escoamento
obriga produtores revoltados a descartarem comida
e abaterem milhares e milhares de animais gordos
os agricultores que votaram no miliciano americano
acreditaram na promessa de revitalização do setor
após três anos de perda na guerra de tarifas com a china
comprem terras insumos e tratores maiores não temam
se preparem para os dias melhores que estão por vir
disse o candidato para os eleitores fazendeiros
a pandemia veio e desordenou a cadeia produtiva
choraminga um rico empresário economista
14 milhões de litros de leite são descartados
lançados em tanques de esterco ou jogados fora
750 mil ovos são destruídos por semana
os alimentos viram lixo a fome cresce de doer a vista
o setor agrícola quebrou depois que restaurantes
hotéis escolas shoppings e parques da disney fecharam
desgraça atinge família que planta batatas
para o maior fabricante do mundo de fritas
os freezers ficaram lotados
a empresa fechou a fábrica
parou de comprar dos agricultores
a família não conseguiu escoar a produção
e lá ficou a ver suas batatas
a carne moída também deixou de fluir
não foi para as lojas de fast food
o peito de frango não chega aos supermercados
o bacon não é distribuído
criadores não sabem o que fazer
com animais prontos para o abate

se não são mortos ganham peso
é preciso alimentá-los e sai caro
há dois casos de criadores
que se inspirando no passado familiar
improvisaram câmaras de gás
trancafiando os bichos no celeiro lacrado
um outro preferiu praticar tiro
metendo bala na cabeça dos porcos
levou o dia todo com os coitados
isso resulta em queda de 40% na produção
são 200 mil porcos por dia que não são abatidos
ou destinados à reencarnação nos hambúrgueres
provocando uma imensa escassez
a maior rede de supermercados acuada
limitou a quantidade de carnes por cliente
faltam hambúrgueres em centenas de lojas
já se nota aflição compungida nos consumidores
circulando pelos corredores de frios tremebundos
a nuvem é muito negra
a tormenta desaba sobre todos
como um manto de peste de modo lancinante
a morte monta triunfal um grande porco lívido e aflito
zomba pelas ruas e entra em todas as casas
onde um morador pode ser encontrado
nu frágil e esbranquiçado como um verme
fragilizado e desnutrido
sem comer hambúrgueres
as pessoas caem como folhas no outono
derrubadas pelo bafo frio da morte

PIXOS PANDÊMICOS EM TAPUMES DE OBRA PÚBLICA EMBARGADA

I

o vírus
é o homem

II

seu voto matou muita gente

BRANCA RECLAMA DE INJÚRIA RACIAL

mulher rica loira e branca
registra queixa e bota banca
contra uma de suas empregadas
que acusa de injúria racial mais nada
a doméstica se desentendeu com a patroa
e no ódio cuspiu um áudio sem loas
em vez de enviar para o próprio marido
enviou para o muito querido
da que registrou a querela
no áudio em que contava a esparrela
adjetivou aquela de encardida e cachorra
menos se diria respeitosamente de branquela
apressada sem ter nenhuma pachorra
paranaense a patroa aprendeu lavar a jato
registrou maior b. o. exigindo apuração do fato
pois branco não se enxerga
digo ora veja não se enxerga
como pertencendo a uma raça
achando que tem orgulho não se verga
faz o que é próprio dum reaça
reage cego esperando ganhar na raça
pois acha que quem tem raça
é o outro índio negro amarelo
branco é humano heterossexual avião
de religião judaico-cristã e belo
além de correto honesto e universal
do que se conclui que isso é ponto final
mas uma advogada compliance de gênero
e se não sabe o que é compliance eu digo
é agir nas empresas de acordo com as regras
e evidentemente respeitar o vero

pois foi disse ela
essa advogada
que tem sobrenomes de sapucaia e machado
querendo dizer sapucaia a que abre o olho
e pra não perder o hábito desce o machado
disse que se fosse injúria
seria comum por inadequado
mas nunca seria racial
e nem assim tão mal
porque ora porque
não existe racismo reverso
já que racismo é exclusão
exclusão de um que já é vulnerável e inverso
que não tem igualdade de condições
e de competir neste universo
no caso com o branco
que de tão se achar perfeito
gerou o conceito e o preconceito
se botando de banco
já a advogada da patroa que molho
veja você tem por sobrenome soglio
que em italiano raso quer dizer trono
e o delegado não perdeu de dar uma trucada
deixou ela esperando duas horas sentada
defendendo patrão certo acha que trono é de rei
assim pensando que o trono dela é de banhei

LUXO DESCALÇO

acúmulo de riqueza aumentou na pandemia
mas os ricos são muito simples
o que se fala é puro preconceito
ricos aaa querem simplicidade
um barquinho de madeira típico do lugar
com serviço de bordo privativo
enxoval de cama marca trousseau
simplicidade e privacidade
sem perrengue chique e papo de fucô
conhecer o egito
com um egiptólogo
visita privativa à pirâmide
simples como ser um mochileiro
mas só que né com glamour
simples como caminhar descalço
e depois ter mesa rústica com frutas
e os melhores vinhos
simples assim

FÁBULA DO FOGO NA ROUPA

uma vez queimou uma lavanderia
lá na terra das togas e dos pinheirais
tão compenetrados ninguém pensaria
todas aquelas roupas brancas nos varais
tanta tão escura fumaça no céu azul faria
maior que os pontiagudos redemunhos
das terras roxas de sujar varal e maria
foi grande o estrago coisa de demonho
foi curto-circuito é tudo o que parece
passando ceroulas do padre da matriz
curto de uma das mulheres alguém disse
sabe-se lá o que rezava aquela infeliz
naquele invólucro santeiro de preces
maior desgraça mas morreu ninguém
véspera de fim de semana um inferno
incendiou tudo e até também o além
vestidos de noivas batinas e ternos
as lingeries e lençóis das núpcias
as roupas das festas todas imagina
queimou tudo com muita minúcia
até a toga do juiz pra sessão mais fina
na capital logo na segunda-feira
até ceroulas dos mais ilustres cidadãos
pegou foi fogo em tudo uma diabeira
festas sorrisos cerimônias comemoração
apagou tudo nem adianta modernismo
tudo isso que nunca acaba de tão normal
faz parte da vida no interior como truísmo
mais importante do mundo na roça nacional
só se sabe que passado o susto
veio o ódio do prejuízo emocional

só gente atrás de indenização pro custo
tristes gambiarras cerimônias e mal
diz que o seguro pagou um tanto
mas foi o juiz se dizendo avexado
sem toga na capital que ficou no espanto
e lavando a jato deixou o dono falido
e dele tudo arrancou até ficar nu
assim sem nem uma samba-canção
passou lhe grande ferro no cu
pois se achando imenso pinheirão
o sem toga na capital ficou gralha
mãos abobadas tremendo na frente e atrás
diminuído com a alugada roupa velha
foi que voltando embora pros campos gerais
sem toga e metendo no toba e na grelha
é juizeco mas continua a querer muito mais

NOITE DE LOUVOR

voltando de uma das inúmeras igrejas
de colunas coríntias gregas de sobeja
onde ouviu a baba de pastores suarentos
com olhares vidrados pedirem votos
a peste aconchegada nos cinco dígitos
a vizinha parecendo possuída por cristo
canta feliz um *guspel* digno de mefisto

*

SELF MADE MAN

dois casamentos fracassados
três ou mais empresas falidas
se recicla eleito deputado
pelo partido do genocida

O LEVIATÃ DAS ABERRAÇÕES

nesta manhã que parece a primeira do mundo

pensa-se gerar o leviatã

surgem porém apenas aberrações

aberrações de plástico inflado e colorido

aberrações que espantam os monstros angelicais dos sonhos

anúncio da boa-nova para os pré-socráticos

a arché seria o elemento potente

o que deveria estar presente
e manifesto
em todos os momentos da existência
de todas as coisas do mundo

no caso de tales de mileto
por exemplo
a água era um elemento puro

através dela se podia criar várias coisas

o início
o desenvolvimento
e o fim de tudo

princípio único do país

a arché é a merda

a alma líquida das mentes

os empresários nacionais
que se orgulhavam de seus monstros de aço
hoje se orgulham dos patrocínios latrocinosos
para soprar ânima em aberrações de plástico inflado

abandonou-se o incrível
abandonou-se o maravilhoso
para ficar-se com o assombroso
neste lugar de acéfalos

aqui se gasta pólvora de modo exagerado
para fabricar traque

distribui-se aspirina e cloroquina
para qualquer dor de cabaço

parece que se chegou ao fim
mesmo que todos à sombra

dentro dos prédios de concreto empalidecido e trincado
com o peso do tempo e da assinatura de niemeyer

no mormaço da bossa nova que envelheceu

CACIQUE TOGADO

ministro cu sentado
diz no stf não tem boi
os touros não são dados
bravos não dizem oi
manada não tem voz
nem que passe depois
no bom cu o hipoglós

*

WHATS? ZAP!

dallangnol chamando moro câmbio
por que não me responde mais?
envia nudes
pfv

MINISTÉRIO DA ECONOMIA SEM MISTÉRIO

sabia-se que uma peça produzia bem
por sete anos em média de vida útil
para a produção do lucro e cobertura
do seu valor de descarte e substituição
a grande quantidade de escravos importados
conseguiu manter por longo tempo o sistema
através de eficientes mecanismos reguladores
que permitiram substituir peças falhas
escravos mortos inutilizados ou rebelados
sem desequilibrar o custo aceito de produção
e descontinuar a fabricação de mercadorias
necessárias para alimentar a exportação
a rica experiência histórica do nosso país
demonstra que a atual conjuntura de crise
muito criticada por empresários despreparados
é altamente propícia para o alavancamento
da economia do país de modo a colocá-lo
na vanguarda mundial econômica considerando
que o alto desemprego gerado pelo sistema global
e pela pandemia coroada resultará numa oferta
inusitada de mão de obra barata e muito produtiva
e desonerada de tributos com as últimas reformas
possibilitando aumentar a competitividade
com países de economia agressiva como a china
gerando ansiado novo ciclo econômico de bem estar
de acúmulo legal de capital para os empresários
melhor preparados e capazes de se adaptar
que souberem ver a crise como oportunidade
rara de fechamento de novos negrócios

LEITURAS PANDÊMICAS ALEATÓRIAS I

"PROBLEMAS DE PENETRAÇÃO

porque o governo abandonou, desde 1922
a construcção de estradas de ferro?
por causa da situação financeira
não comportar os gastos extraordinários de novas estradas
ultimamente a estabilização
exigindo o equilíbrio orçamentário
tornou mais imperiosa essa politica
no entanto que é a situação financeira
senão um reflexo da econômica?
ora, as finanças dependem, antes de tudo
do desenvolvimento das fontes de producção
a menos que se façam equilibrios fictícios
e para se ter no brasil um augmento de producção
nada mais necessário do que facilidade de
communicações e frete barato
a política financeira não desaconselha pois
antes incentiva a necessidade de retomar a actividade ferroviária
e incentivar a penetração
porque o dinheiro nisso despendido frutificará compensadoramente
mas o problema está sendo visto sob um angulo estreito
e sem a necessária amplitude que é da sua própria essência"

[*sic*; *in*: revista movimento brasileiro n. 2, fev. 1929]

VENDA DE TÚMULOS DE LUXO SOBRE RODAS MULTIPLICA NA QUARENTENA

PRIMEIRA CLASSE - crise? onde?
esquifes da porsche vêm batendo recordes de vendas no brasil
no mês de junho a bmw vendeu mais caixões luxuosos
que marcas como mitsubishi peugeot citroën e caoa chery

julho trouxe ainda mais surpresas
para o segmento de modelos funerários de luxo
acima de duzentos mil reais
que vem surpreendendo pelas vendas acima da média
nesse período de isolamento social

em março a crise afetava gravemente o setor
que teve sua reversão otimista no auge da pandemia
o fenômeno mais impressionante é o observado com o porsche 911
caixão cuja versão mais em conta, a carreta, sai por 519 mil

o modelo esportivo desse esquife
vem obtendo expressivos índices de vendas
muito elevados nos últimos três meses
trata-se de números impressionantes
para caixões com preços tão altos
por integrar segmentos esportivos de enterro
não tão adequados para o uso cotidiano

o dólar subindo e a tabela de preços congelada
tem sido um incentivo para quem tem muita reserva
e quer garantir sua viagem como se fosse para o céu

LEITURAS PANDÊMICAS ALEATÓRIAS II

"COBRA NÃO MAMA...

é corrente no pará e em outros estados do norte
a crendice de que as cobras, em especial as giboias
que, ali, se conservam nas casas para exterminar os ratos
durante a noite mamam nas mulheres que estão aleitando
e dão a ponta da cauda para as crianças chuparem
não ha caboclo paraense que não o affirme
e alguns pretendem mesmo o testemunho visual
ha pouco, publicaram os jornaes a noticia de uma mulher
que se suicidára por ter o seu filhinho morrido
de inanição porque a giboia lhe seccára o leite
no entanto, o facto é impossível
positivamente as cobras não mamam
pela simples razão de não poderem fazer a sucção na teta
foi o que affirmou a dra. phisalix, que explica:
'quando as serpentes bebem, a boca se fecha e a
aspiração se faz pelo pequeno orifício
que dá passagem á lingua, quando a vibram'
em contrario, porém, ha um argumento
foram vistas giboias ainda com a boca cheia de leite
a explicação, todavia, é outra não é leite esse
liquido esbranquiçádo de que as cobras
têm a boca molhada mas abundante
saliva cheia de peptona que lhes permitte engolir as prezas
sem mastigal-as porque os seus dentes servem apenas para prender
aliás pergunta o sr. feuilléc-billot
como poderiam as cobras fechar a boca para a sucção sem fincar
os seus dentes agudos e voltados para traz?
não será, porém, essa razão scientifica
que matará a lenda e, na imaginação dos

caboclos nortistas, a giboia continuará a
mamar indefinidamente"

[*sic*; *in*: revista movimento brasileiro n. 2, fev. 1929]

O BOLHA DA TERCEIRA VIA

o brasil não é mais um país emergente
mas sim potência de primeira grandeza
afirmou professor da universidade de londres em 2010
há percepção que está criando uma terceira via
ao conseguir vender imagem de confiável e honesto

*

O QUE É UM GOLDEN SHOWER?

é só uma chuvinha

*

TOUR

o navio costa fascinosa
banheirão branco como linguado
sairá hoje pela costa fascistosa

GENERAL DE DIVERSÃO

patente é profissão
mas menos útil que vaso sanitário pra cagão
não foi que ocupando cargo sentadão
pasruela mostrou que entende bem, como não
o que é um general de divisão
foi e dividiu os papagaios de oliva, todo fodão

*

SÓ A CABECINHA

o mp está preparando uma pica
do tamanho de um cometa
pra empurrar na gente
vai doer mais que gripezinha
porque pica não tem ombro

O CENTRO GEODÉSICO DA AMÉRICA DO SUL

TURISMO

LUGARES PARA VIAJAR QUANDO A PANDEMIA ACABAR

antigamente denominado largo da forca
o centro geodésico da américa do sul
é um lugar muito visitado pelos turistas
porque cheio de simbologia
foi demarcado em cuiabá em 1909
por cândido mariano da silva rondon
num espaço que servia
para castigar escravos e criminosos

O RIO SECO

nova ruína
expõe a víscera

veia por onde mina
cáustica terra

nada mais nascerá
onde os peixes dançaram

nem daninha haverá
onde todos se foram

somente o silêncio fará eco
mais persistente

seco o rio seco seco
ser vivo e ondulante

calado nada mais sussurrará
onde a vida está ao deus-dará

SOLOGAMIA PANDÊMICA

em segundas núpcias do mesmo negócio
empresária mineira se casa consigo mesma
para celebrar o seu intenso amor-próprio
e encenar a magnífica solidão vivida a esmo

passo a passo e lentamente
caminhará só até o altar numa ilha
onde será recebida pela filha
e amiga que será a celebrante

os votos serão feitos em frente a um espelho
se olhará apaixonada para os próprios olhos
e prometerá muito se amar e se respeitar
na solidão   até a eternidade falhar

mantendo o adequado distanciamento social
os convidados também vão receber espelhos
para fazer voto coletivo se mirando nos olhos
exaltando o egoísmo e o amor-próprio sem mal

revolucionando o ramo dos ritos e eventos
ela diz com experiência que esse casamento
feito consigo livra a todos dos tormentos
e até mesmo do vírus tóxico do momento

URUBOFOTES

o prefeito inaugurou às pressas
nova policlínica contrapandêmica
para todos verem na obscura noite
fez cinturão em torno do prédio
de vistosos holofotes pretos
vistos rápido pelos inadvertidos
parecem fila de urubus à espera
observando as pessoas sentadas
na fila da triagem viral das vésperas

*

FEBEAPÁ

em itajaí o tratamento de covid será barbada
vai ser uma aplicação via retal e mais nada
como inalar gás do riso, tranquilíssimo
uma aplicação segura e rapidíssima
com catéter fininho são dois minutos
e o excelente resultado... como previsto
as pessoas sairão rindo
disse o prefeito sorrindo
são dez dias seguidos no reto
dez sessões de ozônio direto
nós vamos oferecer o ozônio
disse o prefeito de um neurônio

EVANGELIZAR É PRECISO
VIVER NÃO É PRECISO

sem respeito a qualquer pessoa
crente que evangelizar é preciso
ala hiper conservadora notabilizada
por pederastas bíblicos pedófilos
e padrecos capitalistas
da necrofilia cristã
negociando hóstias
pro positivas para o fascismo
fez lobby religioso
em troca de verbas
de publicidade
para suas emissoras
de rádio e tevê

*

MANCHETE DO DIA

você vai morrer

PAÍS DO CARNIFICINAL

voltou o general da banda ê-ê
voltou o general da banda ê-ah
voltou o bate-bumbo ê-ê
e também o bate-prato ê-ah
voltou pra afinar ê-ê
o coro dos odientos ê-ah
apitam as cloacas dos pestilentos ah-ah
pra distribuir o amor ê-ê
cloroquina & matafungo ê-ah
escarradeira pra cuspir ê-ê
creolina pra beber ê-ah
vassoura do jânio pra varrer ê-ê

[retomando eudoro augusto]

secreções do confinamento
sem máscara sem fralda
e sem camisinha

QUARENTENA

passarinho amanhece
tem o que fazer
eu não

*

DETOX

meu
a minha vida
tava assim
muito carboidrato
saca
aí conheci esse cara
e
porra
ele é pura proteína
meu
assim calórico de boa sina
saca
perfeito pra ficar confinado

INSÔNIA

os olhos abertos de madrugada
no relógio da parede da cozinha
mal se vê a hora nessa pandemia
no silêncio tudo escuro
um breu ameaçador pelas janelas
o cérebro parece estar engolfado
e enrolado em cabelos emaranhados
subo em um banco e alcanço o relógio
ajeito-o numa forma de pizza
e ligo o forno para assá-lo
derretido como mussarela
não sinto o cheiro
corto as fatias
os números viraram azeitonas
e o ponteiro retorcido
um ramo de alecrim

DAS PRAGAS DE MEFISTO

não bastasse
dengue zumbindo
agora esses
drones zunindo

*

CHAMADA DE VOZ PERDIDA

deve ser terrível
a chamada
de uma voz perdida

O DINHEIRO QUE SAI DO BOLSO DELE

eu queria a gente poder ir num restaurante
um bem caro e pedir o que tiver de mais caro
e pagar com o dinheiro que sai do bolso dele
tirei a roupa de periguete
eu já fui, quem não
você não!
pois tirei
nem sei mais sair de casa à noite
acabou isso pra mim
então eu só queria isso
sonho com o dinheiro que sai do bolso dele
sonho com uma história pra contar pros netos

*

SAÍ À RUA

na quarentena
meses fechado
saí à rua
para encontrar o céu
o chão aos pés
devastado

DIÁRIO DO ESPELHO

para ken kaneko

sou o homem bobo das artes
troquei um quadro
por prato de comida
faço para mim
faço para mim, digo
todo dia um autorretrato
se estou triste
triste estou
multicolorido
se estou alegre
vejo em preto
vejo em preto e branco
tornei-me um velho
um velho ninguém chama
mas estou aceso
tenho chama
estou vendo em preto
e em preto e branco

TOMEI NA XEPA

das dez doses num frasco de coronavac
encerrada a agenda do dia
podem sobrar até nove
que precisam ser usadas
para não dar perdidas
os vacinadores têm senso de humor
e no espírito de fim de feira
neste país que é só bandalheira
rebatizaram a sobra
assim fui para a xepa
mirando um dos nove prêmios
se perdi
se ganhei
não direi

*

AVISO

em meu pesadelo
você não dormirá

CANTOS A PINO

amanheceu e foi só show
primeiro o sabiá laranjeira
enroscando o disco
no seu canto de rosca sem-fim
oroboro auricular da quarentena
numa árvore bem debaixo da janela
depois veio a sub-síndica
ave de poucas penas
que não usa corda vocal
fala do pulmão direto pra fora
fala fala farfalha falha
com o empregado
parece que cacareja
deixando em espera
que uma hora cante
batendo asas depenadas
e grite anunciando que botou
mas antes que ela o fizesse
como um galo veio o *alto* falante
operado por um auto mutado
anunciando o homem dos ovos chegooooouuuu
o espetáculo nunca acaba
logo virão as moças dos ovos
se dizendo mais delicadas que o homem
virão os dos morangos de atibaia
das mexericas de marília
dos abacaxis de minas
lentos em meio a todos
ásperos com a quarentena
prontos pra arrumar confusão
até xingamentos de um ciclista

contra um hylux que quase o atropelou
o sol subindo a pino prometendo longa lista
pilotando uma bicicleta com frente de locomotiva
o homem do amendoim torrado apitou

MESMO QUE ME SAIBA INFELIZ

olho pela janela da cela
vejo lá embaixo
lá está o porteiro na gaiola
não há beijo
a não ser em minhas caraminholas
há mais morte do que vida
mas a vida muda fala mais forte
o que sinto vaza pela face fendida
mesmo que me saiba infeliz tenho sorte

PRISÃO DOMICILIAR

estou numa pira
sem tornozeleira
muitas vezes quarenta dias
nessa diabeira
a quarentena veio pro chá
ficou pra casar
dieta de carbos
dieta de glúten
ah vá com mil diabos
todos cegos que nem
sem açúcar e sem afeto
não entendo esse dialeto
de fala marcial
que nos torna inúteis
querendo coisas fúteis
e do essencial?
que faço com o desejo
de glúteos e cacarejos

QUARENTETERNOS DIAS

o dia amanheceu lindo
todas essas fotos lindas no insta
nem vou abrir o face
pra não estragar o lance
vendo os óbitos
as falas
os ódios esfacelantes
de ontem à noite

*

SESSÕES DE CINEMA PANDÊMICO II

de volta para o futuro
          i
          ii
          iii
                    só se volta para o passado

CARDÁPIO DO DIA

- serviço à francesa

entrada – sopa de músculo

pratos
cérebro cozido com ghee ao alecrim
coração picante com cogumelos
fígado acebolado às pimentas
rins à brasa
maminha com redução de barbecue
testículos ao molho com redução de tomate, glóbulos vermelhos e cognac
língua à parmeggiana

sobremesa
– sorbet de glóbulos vermelhos com espuma de bílis
– chocolate com licor de esfíncter

QUARENTENA

não deixa de ser uma verdade
os filhos acharem
que os pais não trepam

*

COMO VAI

como você anda
sei lá
trancado
parecendo cuco
de relógio quebrado

ESQUERDOPATIA CRISTÃ

logo cedo mal amanheceu
parou no semáforo um velhinho
parece meu pai cabelos grisalhos
de bicicleta vem do serviço coitado
deve ser porteiro vigia de prédio
a noite toda de olho aberto
agora vai pra casa cansado
deve ganhar pouco só exploração
vai deixo passar ele merece
peraí aquilo na garupa, não
uma bandeirinha verdeamarela
era só o que faltava fdp de direita
lembra meu pai com quem rompi
a família toda há anos não falo
vontade passar por cima de treta
dessa bicicleta bandeira e velho
e me vingar dessa caceta

*

XV DE NOVEMBRO

dia de milico
dia de nome de rua

SENTIDO ANTI-HORÁRIO SEM SENTIDO

permitida a conversão à esquerda
proibida a conversão à direita
permitido transitar à esquerda
proibido transitar à direita
siga em frente
frente livre
entre na rotatória
pelo centro
indo em círculo
à esquerda
até chegar ao mesmo lugar
à esquerda
de outro lugar

*

ESCANSÃO DO EXÍLIO

palmeira jabuticabeira
papagaio tucano
bananeira

TROPICÁLIA APOTEÓTICA VIRAL I

na dantesca selva multitropical
onde zumbem todos os mosquitos
não se afasta de ante mim a fera
cá onde o sol cala e a luz nega
inferno onde poetas sangraram textos
e desnudas virgens mijaram a vida
cercados estamos de almas penadas
em inumeráveis e infindáveis mortes
aterrorizando aos brados nossos ouvidos
torrando nas chamas clamam sem olhos
pelo orgasmo infinito e sem senso de deus
diante dessa ventura seca somente se salva
na contribuição milionária de todos os vírus
quem goza no sangue a viva rebeldia
e como as virgens mija jorrando vida

*

TROPICÁLIA APOTEÓTICA VIRAL II

o país é pródigo reino de benesses
dá aos vírus as condições ideais
para se proliferarem e se tornarem
cordialmente mais agressivos

SOCIEDADE ACÉFALA

o acéfalo
samsara de sísifo
o monoteísmo solar
o universo é um cemitério de estrelas sós
mortas e apagadas pela adoração obcecada
adoradores do sol cego como único deus
adoradores da lua plácida como única deusa
veio esse corona
essa serpente infame
da china
eva diz
olhando à volta o paraíso devastado
cheguei à conclusão
que te dei foi pouco
devia ter dado mais
e suspira

necrocracia burlesca

PLANTÃO DOS 30 MIL

são 21 horas e 45 minutos agora
pelo horário de brasília
e no governo se comemora
o ministério da saúde acaba de divulgar
que 31.199 brasileiros
entraram nos registros oficiais
de óbitos pelo covid 19
segundo o ministério
o país ultrapassou em tempo recorde
o número prometido pelo presidente
como marca histórica
apenas com uma gripezinha civil
remetendo à declaração dele
de que "se um dia nós
partirmos para uma guerra civil
aqui dentro vamos fazer o trabalho
que o regime militar não fez com seus opositores
vamos matar uns 30 mil eleitores
se vai morrer alguns inocentes tudo bem
tudo quanto é guerra morre inocente"
é grande o otimismo no governo
que já está planejando novas ações
para ultrapassar os estados unidos
em número de mortos
assumindo a posição de vanguarda
do planeta na socialização
do corona vírus
o plantão do jornal nacional
volta a qualquer instante
aguarde

UM MORTO É UM MORTO É UM MORTO

as pétalas aveludadas
os ramalhetes
os espinhos
vermelhas brancas sanguíneas
amarelas negras róseas azuis
o perfume adocicado
emoldurando com gala
o roxo defunto

*

O TEMPO NÃO PASSA

para os mortos

FALAR DE MORRER

é uma epidemia

*

LUTEMOS!

enlutemos!

DISTRÓPICO

era uma vez uma terra fantástica
onde dar o pão se chamava dar o bolo
raro lugar em que se fermentava o ódio
para que tudo desse em bolo e biscoito
onde o pão era parco e a riqueza farta
a justiça rara e apenas pródiga
na medida para dar em guerras fratricidas
que festivas dançando sobre os mortos
acabavam em dança sangue e pizza

*

ENTRADA DE SERVIÇO

não insista

EXERCÍCIOS PRÁTICOS DE SADISMO

quando o mecânico abre o porta-malas
e mostra as peças oleosas e empoeiradas
como se quem visse fosse o culpado
quando um médico ou dentista após a cirurgia
levanta a pinça e mostra o que extraiu
quando o açougueiro após destrinchar a peça
retirados os sebos levanta à altura dos olhos
a carne límpida e exangue para ser vista
quando alguém numa conversa
lembra a outro em quem ele votou

*

MILITAR CAGADO DE ARARA

mente camuflada como farda
camuflada de cagada de arara
diz que ama pau de arara

TRENZINHO DO COVID

é festa no bonde do caixão
que só anda e não para
e vai entrando mais vagão

*

ALTA CONTEMPORANEIDADE

tudo que é insólito
se respira no ar

PSICOLOGIA CÍNICA

o covidarismo
é a doença infantil
do egoísmo
nacional

*

URNA ERRADA

dá dó
será que não vê
é muito eleitor
morrendo

BALA DE PRATA

aumenta o consumo
de balas e alho no país

*

MUDANÇA

a família de encrenqueiros se mudou
deixou um contêiner de lixo comum
cheio de lixo reciclável
as faxineiras do prédio revolvem as vísceras
salvam boneca
brinquedos de criança
uma panela
desprezam com ruído algo metálico
pegam uma bíblia folheiam
indagam concluem
para onde terão ido
que lugar é esse em que não
precisarão de bíblia

A NATUREZA HUMANA

o ser humano
é um hospedeiro
receptivo
amigável
disseminador
colaborativo

*

MENSAGEM DO LÍDER

chega de frescura e de mimimi
vão ficar chorando até quando
a vida é depois da morte
todo pastor e padre
sabre

11/7/2020

no país do 171
e do 7 x 1
70 mil X 1

*

PREVENÇÃO

tem que cuidar com os outros
mas mais com a família

FALTA MÚSICA

o samba que nasceu
da caixa de fósforo
ainda causa incêndio

*

8/8/2020

no país do 171
100 mil x 1

GOZO PELO BURACO COM OZÔNIO

a deputada federal paula belo monte de vênus
testou positivo para covid-19
a notícia é alvissareira para ela
que apesar do sobrenome
tem predileção pelos prazeres anais
e agora poderá gozar e rir com o uso do ozônio
sua tara motivou a apresentação de projeto de lei
que visa autorizar o uso da ozonioterapia
que consiste em aplicar o gás através do ânus
como alternativa no tratamento da covid-19
a prática ganhou holofotes após sair em sua defesa
o prefeito de itajaí que é outro alegre gozoso
e também o ministro uterino da saúde militar pasruelas
ter recebido defensores do tratamento em seu gabinete
o uso de ozônio no buraco no entanto não afeta acamados
pois não tem eficácia comprovada por especialistas
a própria deputada reconheceu falta de comprovação científica
do uso do gás no tratamento no texto do seu projeto de lei
lá ela salienta com ênfase que é pacífico
que ainda não há qualquer evidência científica
relacionada à efetividade da ozonioterapia
na prevenção ou tratamento para o coronavírus no reto
entretanto mal não faz né
e é muito gostozo
possibilitar que a comunidade médica
utilize o tratamento quando julgar necessário
pois isso pode se tornar benéfico e gozoso
ainda mais se aplicado associado com o óxido nitroso
conhecido como gás do riso e muito usado para fins recreativos
uma vez que ao inalá-lo com ozônio pelo ânus
as pessoa entra num estado de relaxamento

e de felicidade desandando a rir à toa
aumentando a aprovação do governo
e distraindo-se do fato
que está entrando pelo buraco do além

BOLSON BEQUE

traficantes usaram fotos do presidente messias sem partido
para ilustrar embalagens de pinos de cocaína usadas no tráfico de drogas
o objetivo seria indicar aos clientes que a droga teria melhor qualidade
apesar dos dispositivos não apresentarem selo de controle de qualidade do governo
preso por isso o traficante rodieri levis da silva caldaloso foi condenado
garantiu cinco anos e dez meses de hospedagem na prisão na semana passada
em lençóis brancos paulistas no interior de são paulo
ao todo 86 pinos de cocaína foram encontrados na casa de rodieri
além de uma porção de 20,7 gramas de cocaína e uma balança de precisão
outros casos parecidos com esse ocorreram em áreas diversas de são paulo
como em mogi mirim onde embalagens de maconha
foram encontradas com a inscrição bolson bek
trazendo a foto do presidente messias sorrindo chapado como ele só

GUIA DO IMBECIL DAS GALÁXIAS

dizer que teve o parto de um livro
chamar de filho o tal livro
chamar bicho de estimação de filho
defender cloroquina como anfetamina
confundir camada de ozônio
com ozônio nas camadas do buraco
vestir e sair de verde e amarelo
usar a bandeira em vez de rasgar
acreditar
continuar acreditando
morrer de uma gripinha

DECISÃO EXÓTICA

os animais domésticos merecem respeito
a gente vive com eles
conhece eles
são nossos filhos
merecem uma coordenação
lá no ministério do *meio-ambiente*
precisamos de políticas públicas
de proteção para evitar sua extinção
e agir contra o tráfico
como o dos poodles e gatos
que tem sido muito intenso
no ano passado foram 35 milhões de pets
traficados ameaçando
a biodiversidade doméstica
com essa medida vamos poder gastar recursos
com castração esterilização microchipagem
e registro com foto e tudo dos bichinhos
de estimação preservando
o *meio-ambiente*

O DIABO PROVERÁ

no supremo tribunal do inferno
os doze juízes demoníacos
teatrais em seu fosso sanguíneo
capas negras até os pés
cérebros boiando na lava
dentro das caveiras de mármore
cercados pelo intenso incêndio
solar e tropical condicionado
gorgolejam rouquenhos barrocos
que sim que não pois sim pois não
outrossim outro não quiçá quem não
com mil diabos que inferno
o diabo sim o diabo não
que o diabo dará
que o diabo proverá

ECONOMIA SEM MISTÉRIO
NOTA FALSA

200 irreais
lobos guarás
em extinção

*

AUXÍLIO INDIGÊNCIA

89 mil reais

MICHÊ DE MICHELE

89 mil irreais

*

ESTRELAS FURADAS

só dá general
cinco arruelas
nesse governo

PIXO PARADÓXICO

a normalidade
é uma aberração

*

ASSIM, É? (NÃO É O QUE SE PARECE)

jairo: – eu te vi quando colocava o pênis dentro da boca dela.
robinho: – isso não significa transar.

FLOR DELÍRIO

amoooooourrrrrrrr
sou a flor-de-lisss
a flor da realezaaa
à francesa
símbolo de poder
deputada de foder
legalista do espírito bélico
símbolo de soberania
comigo é na prática não tem ironia
rainha no reinado dos cafofo evangélico
símbolo de honra e lealdade
me traiu tem desforra e crueldade
símbolo de pureza de corpo e alma
sou a natureza do esterco na sua palma
transformo filho em genro e marido
orgulho ferido comigo tá fudido
desamparado aqui é purificado e amado
na orgia do amor bestializado
amoooooouurrrrrrr
você que está aí sozinho
no seu casamento
você é meu amigo
você que está em crise
crise pessoal
crise familiar
crise conjugal
não vai se matar
vem comigo!
conhecer o meu umbigo
faço por você o serviço
eu amo e purifico

mato e estripo
ponho carimbo do senhor
envio direto ao paraíso
tudo por amor

DIA DE FINADOS I

já há luzes de natal
postas para os finados

*

DIA DE FINADOS II

nada como
estar vivo no
dia dos mortos

PASSEATA PELO DIA DA PÁTRIA AMADA

a mão de deus abobalhou
as praias do brasil privatizadas
mulher que nasce aqui
tem muito mais amor
o céu do meu brasil
tem mais generais cinco estrelas (lá lá lá lá...)
meu rabicó é verde, amarelo, branco, azul anil
vem de farda e me come que eu digo eu te amo
eu te amo, meu brasil, eu te amo
ninguém segura a senectude do brasil
as tardes do brasil são mais douradas (lá lá lá lá...)
mulatas brotam cheias de calor
no carnaval, os gringos querem vê-las
eu vou ficar aqui
porque existe clamor
e muito subsídio
pro agronegócio plantar amor

MODESTO PROGRAMA DE CONTÁGIO VOLUNTÁRIO PARA EVITAR A DISSEMINAÇÃO DE CRIANÇAS

o governo federal através do programa pátria voluntária
dirigido pela primeira drama chinelle
e com apoio da ministra dá males lançou seu evento de natal

é o programa contágio voluntário
que teve participação em seu lançamento
de dezenas de crianças e adultos

todos foram aglomerados sem máscaras
na área externa do palácio da desolada
cafofo oficial do penduricalho da república

o evento denominado "natal mortal voluntário"
é uma ação propositiva do programa pátria voluntária
e a iniciativa está sendo muito elogiada por sua originalidade

seu objetivo é incentivar a morte voluntária no brasil
e em uma rede social chinelle afirmou que as crianças
das instituições participantes terão momentos de alegria
diversão e um festivo almoço de despedida

o programa teve inspiração
em conselhos do filófofo olasno casbalho
que ministrou coaching para
a equipe de voluntarismo sempre a postos do governo
indicando receita bibliográfica cult de swift
que sugeriu modestamente eficiente e clássica proposta
para evitar que as crianças sejam um fardo para o país
em consonância com o pensamento do penduricalho
segundo o qual os direitos das crianças

já de pequenas antes que cresçam e aumentem o problema
têm que ser rasgados e jogados na latrina

com modelito novo pós cirurgia estética
e com serenidade sorridente
a primeira drama agradeceu as empresas
que colaboraram na realização da ação de contágio

a ação conta com a ajuda de membros da sociedade servil
e de servidores e amigos que adoram fazer o bem
todos diplomados nas faculdades mentais do filófofo ofifial

no vídeo publicado pelo governo aparecem os ministros
paunos quietos, da economia funerária
fábio cinzas (comunicações com os mortos)
luiz dia de ramos (secretaria de enterros)
augusto grego (segurança funeral)
marcelo tiro ao alvo (turismo funerário)
roberto campossanto (presidente da urna funerária central)
além de mário frentes frias, secretário especial de cultura funerária
e daniel antropoceno, secretário-executivo do ministério do turismo
funerário

o governo está animado pois dando o exemplo
de autoaplicação do programa nas próprias veias
pelo menos 14 ministros além do penduricalho
já contraíram covid-19 em meio a efusivas apostas
e desafios sobre quem será o primeiro a embarcar
com luxuosas e almofadadas pompas fúnebres oficiais

ÚLTIMO DIA DO PRIMEIRO ANO DA PESTE

mega da virada de bruços
mais gente na fila da lotérica
que na fila do mercado

*

PRIMEIRO DIA DE ANO JURAMENTO DE POSSE DE PREFEITO E VEREADOR

prometo cumprir a bíblia
e na medida do possível
a constituição federal
a constituição estadual
a lei orgânica municipal
a filosofia maçônica
a do pastor e do traficante do bairro
escolher somente boas laranjas
ser discreto com as rachadinha
atento e participante das especulação
ocupar todos os carguinho
generoso com as comissões das licitações
observar apenas observar as leis
desempenhar o mandato
que me foi confiado para mim
e trabalhar pelo progresso do retrocesso
do nosso povo

INTERDIÇÃO BALNEÁRIA DA PESTE

não deu praia
fila pra todo lado

*

CONTAGEM REGRESSIVA

alerta vermelho pandêmico da virada
ciclista pedalando ao celular
ahhh meu
hoje vou ver se pego umas três
não tô morto

ALÍVIO, A PANDEMIA ACABOU

só acaba pra quem morre
graças ao governo
para mais de *#@&$% mil

*

OBRA COMPLETA

a morte
é uma obra
completa

BEM-VINDOS OS VERMES

devoram-me os vermes
se iludem com o quitute
ao me pegarem inerme
me comem no desfrute
mas digo com volúpia
eu que bem os devoro
com minha acidez pia
a corroer o puro ouro
de suas entranhas frias

*

NOVIDADE NO MERCADO

creme dental
branqueador
preto

lu con t ra o

300 MIL – 24/3/2021

PÁTRIA ~ PÁRIA

† † † † † † † † † † † † † † †
† † † † † † † † † † † † † † †
† † † † † † † † † † † † † † †
† † † † † † † † † † † † † † †
† † † † † † † † † † † † † † †
† † † † † † † † † † † † † † †
† † † † † † pá † ria † † † † † †
† † † † † † † † † † † † † † †
† † † † † † † † † † † † † † †
† † † † † † † † † † † † † † †
† † † † † † † † † † † † † † †
† † † † † † † † † † † † † † †
† † † † † † † † † † † † † † †

NOVO PATO NACIONAL

três poderes criam comitê covid
para comer 300 mil cadáveres

*

UTI MÓVEL PRESIDENCIAL

cérebro cancelado

DIA MUNDIAL DA SAÚDE 2021

hoje morreram só 4.249 pessoas
por causa da pandemia no país

*

OGRONEGÓCIO

ruindo inteiro o país
restará somente
a alfafa tenra da religião

A FACA

que fim levou a faca
que estripou o verme

*

BANDEIRA 2

o país inteiro
matou a família
e foi ao cinema

DESREGULAMENTAÇÃO GENERALIZADA

tranquila
serenidade
do dever

*

UM TERÇO

um terço do país
reza para o messias
outro reza para lula
e um fica entre eles em gangorra
desses um terço sabe ler
um terço tem habilitação pra dirigir
um terço já não sabe onde cair
um terço reza silenciado pagando o pecado
um terço provavelmente vai morrer

SAUDAÇÃO DE POSSE AO PUM

regina duarte é um baluarte
da cultura da posse no brasil
a namoradinha que não foi possuída
virgem eterna e senil
acabou possuída pelo demônio
assim é que toda cena de posse
empoça rápido quando um dirigente
abre sua boca de barril
são tão sinceros que não mentem
são assim perfumados
discurso é folha nunca calhamaços
e duram no cargo como coitos rápidos
desses nas coxas não ocorridos
engraçados como pum de palhaços

ELEGIA PARA OS 500 MIL, 19/6/2021

é estranho morrer
se morre dormindo
se morre cantando
se morre andando
quando tudo para
é estranho de ver
nada há que ampara
encontrar bala perdida
hospedar vírus na vida
se morre sonhando
se morre fodendo
se morre comendo
seres rios florestas
animais e pessoas
quando se abrem os olhos
quando cessa o gozo
quando se abre a boca
é estranho matar
é estranho sentir
é estranho dizer
se morre lendo
se morre escrevendo
se morre de rir
de tristeza acidente
suicídio e doença
é estranho pensar
é estranho saber
que alguém se vai
que alguém se foi
e que iremos também
nesse estranho viver

GUERRA DA VACINA

no luxurioso comércio da política
o governador de brilhosa titica
dava de graça em mercancia
o mesmo que sem público apreço
o presidente cloaca por ganância
só comprava por alto preço

*

JAIR DIAS BACAMARTE

desgoverno a esmo
caso de insanidade
devia libertar todos
vestir a farda verde
entregar-se aos estudos
e à cura de si mesmo

IMUNIDADE DE REBANHO

brasil tem quase 30 fábricas de vacina para gado
só duas para humanos

*

QUASE MORREU DE COVID

afinal era humano, lázaro o monstro
carimbado serial killer pelos cinco mortos
caçado por vinte dias selva a dentro
teve ajuda pra se esconder como resto
pra invasor de terras matador de aluguel a crédito
procurou até ex-sogra se achando digno de afeto por alguém
assassino estuprador fuzilado acabou um ninguém
por um tiro virou peneira com o cérebro esvaziado
a polícia comemorou gritando cpf cancelado um abraço
quando entregou seu resto cada pm numa perna braço
emagrecido porco um traste jogaram na carroceria do resgate
como um saco que não se ache nem precisou de tortura que o rachasse
para o asco da oficial versão de praxe morreu na viatura a caminho do hospital
escapando da lista de mortos por covid

EXORCISMO À BRASILEIRA PENSE

enquanto isso na igreja de esquerda
foraaaaaaaa! fora! fora! foraaaaaa! fora daí!
saia desse corpo que não te pertence!
vai bolsonoro saia logo pela cruz!
em nome de nosso senhor jesus!

*

É AGRO NÃO SER POP

o agro é pop
o agro é golpe
o agro é tech
o agro é zap
o agro é acre
é ácido e atrasado
azedo e escabroso
e dá na globo

FELIZ NATAL DA MISÉRIA

natal pobre
sem panetone
nem cobre
só já roídos t-bone

*

SE ESPALHOU

se foi
esse vírus
que nem metástase
se espalhou nele
como a grama do pasto
que plantou
na qual olhava feliz
os bois pastando

féretro da mãe gentil

VOLUNTÁRIOS DA PÁTRIA

acabado o milho
os voluntários da praça
patos apatetados
vão comer os pombos

*

CONTROLE POPULACIONAL

são 700 mil a menos
comendo e cagando
precisando de atenção do governo
veja é menos poluição
é economia de recursos
há excesso de mão de obra barata e despreparada
muito além da reserva necessária
para alimentar o nosso capitalismo
tem que diminuir mesmo
não tem pra todo mundo

ESTE PAÍS É NOSSA EMPRESA

mate-o ou deixe-o

*

A NOVA BANDEIRA

abaixo o positivismo
viva o negacionismo

desordem e retrocesso

*

NINGUÉM ME FERE IMPUNEMENTE

punir com impunidade

AMAZÔNIA

só vai sobrar
árvore genealógica

*

TIRO NO TETO

depois da matança pela pandemia
o povo esquecido do cheiro da carniça
é preciso resolver o problema da pobreza
mantendo vivos os pobres sobreviventes
divertindo-os com piadas de merda

ESTA TERRA É SUA PODEM PEGÁ-LA

autorizados por deus
os crédulos hebreus
tomaram as terras dos cananeus

*

DIREITO INALIENÁVEL À PROPRIEDADE PRIVADA

um cemitério só meu
para ir antes de morrer

HEINRICH HEINE AMAZÔNICO

ficaremos satisfeitos
de ver os inimigos da floresta
pendurados em suas árvores
para perdoá-los por suas iniquidades

*

#FAULKNER

um poema de keats
e se poderia dizer um índio vale mais
que 30 mil evangélicos
que 30 mil empresários
que 30 mil políticos
que 30 mil operários
que 30 mil agronegociantes
que 30 mil dinheiros
que 30 mil comerciantes
que 30 mil banqueiros
que 30 mil militares
que 30 mil padres
que 30 mil reses
que 30 mil odres
que 30 mil jogadores
que os 30% de eleitores

HINO

dos filhos deste solo pútrido
és mãe senil

*

A REPETIÇÃO DA HISTÓRIA SEGUNDO KARL MARX

a ditadura militar de 1964 foi uma tragédia
o governo militar do recruta zero foi uma farsa

DOIS DIÁLOGOS PATAFÍSICOS

- num estado democrático os militares são como criados-mudos
- pois é, no brasil eles falam

*

- no brasil o militar se veste de verde e amarelo – e fala
- mas isso não é um homem! é um papagaio!

*

MARCHA À RÉ PARA JESUS VIA CHINELLE

nesta nação coberta de sangue
as portas do inferno não se fecharão para nossa família

MITO

joguem o corpo dele
no rio para os peixes
comerem seus olhos azuis

*

FIM

a coisa não acaba
não tem fim

~

nos vemos nos nossos sonhos

NOTAS

Este livro em sua formulação é antropofágico e onívoro, tendo os textos sido comidos dos mais inesperados lugares; seria redundante e exaustivo explicá-los; no entanto os versos do poema "MITO", por tão alegórica que é sua fonte, merecem o crédito: são de uma fala do filme *Assalto ao trem pagador* (1962), dirigido por Roberto Farias, dita pelo personagem negro Tião Medonho (Eliezer Gomes), após ações e falas do personagem branco Grilo Peru (Reginaldo Farias); quanto a esses diálogos, recomendo que se assista a esse clássico do cinema nacional que ainda ecoa as palavras de Tião Medonho e o ódio perene em seus olhos, expresso contundentemente na fala aqui apropriada.

Outras referências a citações mais diretas, lidas como livros de cabeceira durante a pandemia, são as seguintes:

BAUDELAIRE, Charles. Cit. in: BENJAMIN, Walter. *A modernidade e os modernos*. Trad. Heindrun K. M. da Silva. Rio de Janeiro: Tempo Brasileiro, 1975.

BURROUGHS, William. *La revolución electrónica*. Trad. Mariano Dupont. Madri: Caja Negra, 2009.

CALVINO, Ítalo. *Seis propostas para o próximo milênio* -"Exatidão" - Trad. Ivo Barroso. São Paulo: Companhia das Letras, 1991, p. 72.

CIORAN, E. M. *Silogismos da amargura*. Trad. José Thomaz Brum. Rio de Janeiro: Rocco, 1991.

DARWIN, Charles. A citação no início deste livro foi publicada pela *Revista 451* sem fonte (no seguinte link https://www.quatrocincoum.com.br/br/podcasts/vinte-mil-leguas/os-marcianos-sairam-do-cilindro-pti). Considerei-a perspicaz mesmo que não exista, porque afinada com a temática do livro e por ser uma excelente descrição do país, porém me pareceu inventada, pois não existe na edição promovida pela revista (*A origem das espécies*, lançada pela Ubu) e tampouco na edição das *Cartas do Beagle* (que consultei na edição completa *Las cartas del Beagle*, traduzidas por Martí Soler para a Fondo de Cultura Económica em 2014 a partir da edição de Frederick Burckardt para a Cambridge University Press em 2008).

GOETHE, Johann Wolfgang von. Trad. Jenny Klabin Segall. *Fausto I - Uma tragédia*. São Paulo: Ed. 34, 2004.

JITRIK, Noé. Entrevista para Carlos Daniel Aletto: *Télam*, 24 Jul. 2021, disponível em: https://www.telam.com.ar/notas/202107/562462-noe-jitrik-me-siento-liviano-en-el-ensayo-alegre-en-el-poema-y-pesado-en-el-relato.html

MENDES, Murilo. "Murilograma a T. S. Eliot", in: *Poesia completa & prosa*. Rio de Janeiro: Nova Aguilar, 1994.

PASCAL. *Pensamentos*. Trad. Isolina Bresolin Vianna. São Paulo: Folha de São Paulo, 2010.

POUND, Ezra. *Os Cantos*. Canto 81, trad. A. de Campos, H. de Campos e D. Pignatari. Rio de Janeiro: Nova Fronteira, 1986.

THOMAS, Dylan. *The collected letters*. Ed. Paul Ferris. New York: Scribner, 1986.

WEIL, Simone. *Oppression et liberté*. Paris: Gallimard, 1955.

WILDE, Oscar. *A alma do homem sob o socialismo*. Trad. Heitor Ferreira da Costa. Porto Alegre: 2011.

Ademir Demarchi nasceu em Maringá-PR, em 7/4/1960 e reside em Santos-SP. Cursou doutorado em Literatura Brasileira na USP. Editou a revista *BABEL*, de poesia, crítica e tradução (9 edições de 2000 a 2018). Editou a revista *Babel Poética* (premiada em 1.º lugar pelo Programa Cultura e Pensamento 2009/2010 do Ministério da Cultura, que teve 6 edições em 2011-2013, com 10 mil exemplares em distribuição nacional). Edita o selo *Sereia Ca(n)tadora*, de livros artesanais, com 35 títulos publicados entre 2010-2022. É co-editor da revista *Poetrishy*, publicada em Bristol, na Inglaterra. Publicou, entre outros, os livros de poemas: *Os mortos na sala de jantar* (Realejo, 2007); *Do Sereno que Enche o Ganges* (Dulcineia Catadora, 2007); *Pirão de Sereia*, que reúne sua obra poética de 30 anos (Realejo, 2012); *O amor é lindo* (Patuá, 2016); *Gambiarra – Uma pinguela para o futuro do pretérito* (Urutau, 2018); *Louvores gozosos* (Olaria Cartonera, 2020); *In Fuck We Trust* (Urutau, 2020) e *Cemitério da filosofia* (Kotter, 2020). Reuniu crônicas publicadas durante oito anos em jornal no livro *Siri na lata* (Realejo, 2015) e publicou os livros de crítica *Espantalhos* (2017) e *Contrapoéticas* (2020, ambos pela Editora Nave). Organizou em dois volumes *101 Poetas – Antologia de experiências de escritas poéticas no Paraná do século XIX ao XX* (Biblioteca Pública do Paraná, 2014). Vários dos seus livros foram publicados no Peru, Paraguai e México. Tem poemas em antologias e revistas publicadas na Espanha, Argentina, Estados Unidos e Inglaterra.

papel pólen 90g/m²
tipologia minion pro
impresso no inverno de 2022